Пушкинская Сказка

普希金童话诗

[俄] 普希金——著

力冈——译

作家出版社

目录

求婚人

商人的女儿娜塔莎，

出门三天不回家；

第三天夜里跑回来，

神思昏昏不说话。

父亲、母亲问情由，

姑娘就是不开口，

只见她气喘吁吁，

浑身哆嗦手发抖。

父亲、母亲心忧虑，

三番五次问女儿，

问来问去不回答，

没问出女儿心事。

娜塔莎又像往日一样，

快快活活，满面红光，

又去找自己的女伴儿，

和她们一起坐在大门外。

有一天她约来女伴儿，

和她们一起坐在大门外；

忽然她抬头一看，

一架三马雪橇飞奔而来，

马身上披着毛毡，

雪橇上是一条好汉。

那汉子站在雪橇上，

把雪橇赶得像风一样。

他来到跟前，转眼一看，

娜塔莎也看了他一眼；
他的雪橇飞驰过去，
娜塔莎顿时浑身颤栗。
她飞快地跑回家。
她说："是他，就是他！
我认出来，一点不差！
伙伴们，救救我吧！"

家里人听了心忧愁，
无可奈何直摇头。
父亲对她说："好孩子，
有什么事，对我说说，
有谁欺负你，快告诉我，
哪怕指出一点儿线索。"
娜塔莎又哭起来，
再也不肯说什么。

第二天早晨，

忽然来了媒人。

称赞了一番娜塔莎，

就和她父亲说话。

"你家有货物，我们有买主儿，

是一个英俊小伙子，

又漂亮，又聪明，

又踏实，又机灵。

"又有钱，又体面，

从来不低三下四，

生活无忧无虑，

过的是贵族一般日子。

送聘礼慷慨大方，

又是皮袄，又是珍珠，

还有锦缎衣裙，

还有黄金宝石戒指。

"昨天他从门外经过，

有缘再见了她；

是不是把亲事定下，

择吉日良辰让姑娘出嫁？"

姑娘坐在门外面，

觉得不便当面插言；

娜塔莎，可怜的姑娘，

不知道自己该怎样。

父亲说："我答应了，

你就满意地走吧。"

娜塔莎的事就这样定下，

不能叫她空守闺房；

总不能做一辈子姑娘，

不能总是对着燕子唱歌，

到了养儿育女的时候，

该有一个自己的窝。

娜塔莎靠在墙上，

本来有话要讲，

可是突然放声大叫，

浑身颤抖，又哭又笑。

媒人跑到她跟前，

急得团团直转，

用冷水灌她的口，

又用冷茶浇她的额头。

家里人唉声叹气，难受了一阵子，

娜塔莎终于清醒，

开口说："我听命，

父母的意志神圣。

就请求婚人前来赴宴，

多准备好酒好菜，

请众位乡邻光临，

再把法官请来。"

"娜塔莎，我的好孩子！
只要你欢喜，我什么都愿意！"
于是准备好丰盛的宴席，
又是美酒，又是佳肴。
可敬的客人陆续来到，
姑娘也来到宴席上，
女伴们又哭泣又歌唱，
这时来了一架雪橇。

求婚人来到，宴会开始，
开怀畅饮，杯又交错，
忙坏了筛酒的长柄勺，
热热闹闹，酒足饭饱。

求婚人：

亲爱的乡邻贵宾！

我美丽的未婚妻

不吃不喝，也不招待客人，

难道有什么事不顺心？

姑娘回答求婚人：

"那我就把心事说给大家听。

我日日夜夜哭泣，

心中一直不得安宁，

因为我做过一个噩梦。"

父亲对她说："好孩子，

你说说是怎么回事儿，

你的梦是吉是凶？"

她说："我梦见，

我走进密林一片，

天色已晚，

月光暗淡。

我迷了路，

林中一片寂静。

只有松树和枞树枝头

发出飒飒风声。

"突然，好像不是梦中，

我面前出现一座房屋。

我走过去，敲了敲，没有动静，

我喊了两声，没人答应。

我画个十字，推门进去。

屋里灯火明亮，我一看，

成堆成堆的金子和银子，

还有珍珠和宝石。"

求婚人：

"你的梦有什么不好？

就是说，你会有金银财宝。"

姑娘：

"别急，先生，我的梦还没有说完。

我默默地望着金银，

望着呢绒、花毯，

望着绫罗花绸，

望着诺夫哥罗德山锦缎，

觉得又惊讶又稀罕。

突然听到马蹄声和叫喊……

有人和马来到门前。

我急忙把门关上，

转身到炉后躲藏。

"我听到人声喧嚷……

只见十二条大汉进了房，

他们带进来一名女子，

是一位美丽的姑娘。

"他们一拥走进来，

不行礼，对圣像瞅也不瞅；

不祷告，也不脱帽，

就坐在桌边说笑。

坐首位的是大哥，

右首坐的是小羔，

左边是美丽的姑娘，

就是那名女子。

"又叫，又嚷，又唱，又闹，

纵酒作乐，放声狂笑……"

求婚人：

"你的梦有什么不好？

就是说，日子会过得快活逍遥。

姑娘：
"别急，先生，我的梦还没有说完。
人人开怀狂饮，又叫又闹，
说说笑笑，吃吃喝喝，
只有姑娘愁眉紧锁。

"她的眼泪哗哗直流，
默默坐着，不吃不喝。
大哥拿起自己的刀子，
吹着口哨把刀子磨了磨。
他看了看美丽的姑娘，
忽然抓住她的辫子；
恶徒把姑娘杀死，
还砍下她的右手臂。"

求婚人说："这个吗，

可真是没有的事！

不过，好姑娘，你别悲伤！

你的梦没有什么不祥。"

姑娘看着他的脸，

突然向他提一个问题：

"你这是谁手上的戒指？"

于是大家一齐站起。

戒指当啷一声滚到地上，

求婚人脸色煞白，浑身打颤；

宾客大吃一惊，法官宣布：

"快动手，抓住这个坏蛋！"

恶徒被关起来，审判。

娜塔莎人人称赞！

恶徒很快被处死。

我的故事到此为止。

神父和他的长工巴尔达的故事

从前有一个神父，

是个十足的蠢驴。

有一天他去集市，

看看有什么便宜东西。

巴尔达随意走着，

不觉走到他面前。

"神父，怎么这样早？

你有何贵干？"

神父对他说道：

"我要找个长工：

做厨子、马夫和木匠，

而且工钱不能太高——

这样的长工怎样去找？"

巴尔达说："我去给你干，

干得又快又妥善：

只要你给我吃小麦饭，

一年弹你额头三下当工钱。"

神父搔起脑门儿，

沉思了好一阵子。

弹和不弹没什么两样，

他指望碰碰运气。

神父就对巴尔达说：

"就这样，咱们各不吃亏。

你快住到我的家里来，

我看看你有多么勤快。"

巴尔达住到神父家，

睡的是麦秸，

吃四个人的饭，

干活一个顶八个；

天不亮就使足劲儿干活，

套车，耕地，生炉子，

收拾屋子，赶集买东西，

煮鸡蛋，把蛋壳剥去。

神父娘子满口称赞，

神父女儿百般怜惜，

神父儿子喊他阿爸，

他又煮饭，又带孩子。

只有神父不喜欢他，

常常想到工钱的事儿，

从来不心疼巴尔达。

时间一天天过去，期限快到，

神父不吃不喝，睡不着觉，

他的额头已经疼痛欲裂。

于是他对娘子讲出真话

"如此这般，有什么办法？"

这婆娘精明伶俐、

很会想点子出主意。

她说："略施小计，

就可以免除这场灾难：

你叫他去做办不到的事，

还要办得一丝不差，

你的脑门儿免得受苦，

不给工钱就把他打发。"

神父心里快活了一点，

看起巴尔达也有了些胆子。

有一天他喊道："过来，

我忠心的伙计巴尔达。

你听着：魔鬼本应付我地租，

年年交纳，永远不变；

这进项本来再好不过，

可是他们已经拖欠三年。

等你吃饱了小麦饭，

去找魔鬼讨回全部拖欠。"

巴尔达不跟他白白争辩，

就出门去，坐到大海边。

他在海边搓起绳子，

把绳头伸进海里。

只见海里爬出一个老妖魔。

"巴尔达，你来这儿干什么？"

"我要用绳子把大海搅浑，

叫你们这些孬种疼得抽筋。"

老妖魔听了好不着急。

"你说话，为什么这样不客气？"

"还问为什么？你们欠租，

不记得缴租的限期；

那咱们就来试试，

叫你们没有安宁日子！"

"好巴尔达，你不要搅动大海，

你会收到全部地租，

我这就把小孙儿叫来。”

巴尔达心里寻思

"捉弄一个小鬼不是难事。”

那小鬼从水里钻出来。

小鬼喵喵叫，像饥饿的小猫。

"你好，巴尔达·你这汉子，

你要什么样的租子？

我们从来没听说这东西，

魔鬼没操心过这种事儿。

好吧，就这样，不过有个条件，

咱们来一场比赛——

这样谁也不会有怨言：

咱们绕大海跑一回，

谁跑得快，租子就归谁。

那边已经在把口袋准备。”

巴尔达一听笑嘻嘻：

"真是的，你想的好主意！

你要跟我比一比，

跟我巴尔达比高低？

就你这样一个小把戏？

那你就会会我的小伙计！"

巴尔达朝附近小树林走去，

抓了两只小兔儿放进袋里。

然后转身回到海边，

找到那个鬼孙子。

巴尔达抓出一只小兔儿；

"你来给我们凑凑热闹；

你吗，小鬼，年纪太小，

跟我比赛还早；

浪费时间可不好。

你先赶赶我的小伙计。

一二三，比赛开始！"

小鬼和兔儿撒腿就跑：

小鬼顺着海岸往前奔，

兔儿跑回树林去睡觉。

等小鬼绕大海跑了一圈，

伸着舌头，仰起嘴脸，

气喘吁吁跑回转，

一面用爪子擦着浑身的汗，

心想，巴尔达必输无疑，

可是抬头一看，

巴尔达正在抚摩小伙计，

还一面说："好样的，

你跑累了，快歇会儿。"

小鬼一下子泄了气，

垂下尾巴，老老实实，

侧眼望着小伙计。

他说："我这就去向爷爷报告。"

他见了爷爷，说："事情不妙！

巴尔达的小伙计把我赢了！"

于是老魔鬼另打主意。

可是巴尔达大闹起来，

搅动了整个大海，

巨浪滚滚，汹涌澎湃。

另一个小鬼爬出来，说道：

"你这汉子，别闹，

租子一定会给你，

不过咱们要比比力气：

你可看到这棍子！

你可以随便找个地点，

看谁把棍子扔得更远，

谁就把地租拿去。

怎么样，还等什么？

是不是怕甩脱手臂？"

"我在等那片云彩，

我要把棍子扔到云里去，

再和你比比高低。"

小鬼一听吓了一跳，

连忙跑去向爷爷报告，

说巴尔达又赢了。

巴尔达又在海上大闹，

用绳子把大海猛觉。

又有小鬼爬出来，说：

"你怎么啦？别急，别急，

我们会给你地租，

只要你依我一个主意……"

"不，"巴尔达说道，

"这回轮到我了

我来定个条件

我出个题目，跟你比赛，

看看你有多大能耐。

看见吗，那儿有一匹灰马？

你能把马举起，

走上半俄里，

地租就归你；

要不然就是我的。"

可怜的小鬼趴下去，

托住马肚子，

浑身用劲，

使足了力气，

第三步就跌倒，两腿伸直。

巴尔达就对他说：

"你这蠢东西，

还想跟我比高低？

你用手都举不动，

我用腿都能夹起。"

巴尔达骑上马，

跑了一俄里路程，

跑得尘土滚滚，

小鬼大吃一惊。

连忙去向爷爷报告，

说巴尔达又赢了。

魔鬼们围成一圈.

没奈何把地租装好,

并且帮巴尔达扛起口袋。

巴尔达精神抖擞,

得意扬扬往回走,

神父一看见巴尔达,

立刻跳起,

躲到娘子背后去,

吓得缩起身子。

巴尔达一下子就找到他,

交了地租,就向他要报酬。

可怜的神父

只好送上额头:

第一下,

神父蹦上天花板;

第二下,

神父成了哑巴;

第三下，

神父昏迷过去。

巴尔达一面责备他：

"神父，以后别贪便宜。"

母熊的故事

在一个春光明媚的日子，

东方的朝霞刚刚升起，

一头棕色母熊芎着小熊，

走出茂密的森林，

看看风光，游玩散心，

也好显一显本事。

母熊坐到白桦树下，

小熊自己玩耍，

在草地上打滚、赛跑，

又翻跟头又摔跤。

这时忽然走来一条大汉，

手握长矛，

腰挂猎刀，

还带着老大的猎包。

母熊抬头看见，

手握长矛的大汉，

就高声呼唤，

呼唤自己的孩儿，

呼唤不懂事的小熊：

"孩儿们，哎呀呀！

不要再玩耍，

不要再打滚、翻跟头。

那汉子朝咱们来了，

你们快躲到我身后。

不让他伤你们一根毫毛，

我要把他……活活吃掉。"

小熊们吓得打颤，

急忙跑到母熊后面。

母熊后腿一挺，

站起身子，发起威风。

那汉子眼明手快，

纵身向母熊扑来，

挺起长矛狠狠一扎，

扎在肚脐以上、肝脏以下。

母熊咕咚一声，跌倒在地，

那汉子劈开母熊肚子，

劈开肚子又剥掉皮，

再把小熊装进猎包，

就朝家里走去。

"好妻子，我送你一件礼物，

一张熊皮值五十卢布，

另外还有一点礼物，

三头小熊每头能卖五卢布。"

森林里消息传播缓慢，

不像城里的流言。

终于消息传到公熊耳边，

说有一汉子杀死它的老伴，

又用刀劈开白肚子，

劈开肚子又剥掉皮，

还把小熊装进猎包里。

公熊听了痛哭流涕，

嗥嗥哀号，垂头丧气，

哀伤死去的母熊，

哀伤死去的伴侣。

"哎呀呀，我死去的母熊，

你死了，我孤孤零零，

我多么伤心、悲痛，

怎么会有这样的苦命？

以前咱们过得多么快活！

有什么游戏咱们没有玩过？

咱们的孩儿多么可爱，

抚养孩儿花费多少心血，

带孩儿游玩多么愉快！"

这时候犿兽纷纷来临，

前来慰问熊大人。

大野兽首先来到，

小野兽也纷纷登门。

首先来的是狼先生，

它有一嘴狠毒的牙齿，

还有一双贪婪的眼睛。

接着来的是海獭，

这买卖人的贵客，

有一条肥嘟嘟的尾巴。

随后来的是燕子小姐，

随后来的是松鼠夫人，

花面狐狸这时也来到，

它是掌管粮草的大嫂。

来了会玩杂耍的白鼬，

又来了旱獭，道貌岸然，

它家就在谷仓后面。

也来了兔子一群，

兔子是平民百姓，

有雪白的，也有灰灰的。

又来了刺猬，这地方小吏，

一个劲儿瑟瑟缩缩，

还一个劲儿扎煞毛刺。

沙皇萨尔坦、皇子光荣而威武的好汉格维顿·萨尔坦诺维奇和美丽的天鹅公主的故事

三位姑娘坐在窗下，

夜晚时候在纺纱。

一位姑娘说：

"我要是做了皇后，

就准备丰盛的筵席，

让天下人吃饱喝够。"

她的大妹妹说：

"我要是做了皇后，

就织许午多多麻布，

够天下人做衣服。"

她的小妹妹说：

"我要是做了皇后，

我要为沙皇萨尔坦

生养一条好汉。"

小妹妹的话音刚落，

房门就吱扭一响，

本国的沙皇圣驾

轻轻走进正房。

姑娘们说话的时候，

他一直站在墙边，

听了小妹妹的话，

他心里非常喜欢。

"你好，美丽的姑娘，"

他说，"你就做皇后，

给我生一条好汉，

就在九月将尽的时候。

你们，亲爱的姐妹俩，

也离开这个家，

跟我上车走吧。

就跟我和小妹妹过日子：

你们一个做厨娘，

一个做纺织工匠。"

沙皇说罢出了门，

大家一起动身。

沙皇略做准备，

当晚就和姑娘成亲。

沙皇坐到隆重的筵席上，

年轻皇后就坐到他身旁；

宴罢宾客各自回家，

沙皇、皇后进入卧房，

亲亲热热上了牙床。

厨娘在厨房里怨气冲天，

纺织工匠泪涟涟。

她们又羡慕又妒忌，

痛恨沙皇新婚的妻子。

可是年轻的皇后

再不贻误时机，

新婚第一夜就有了喜。

那时候正有战争，

沙皇告别了皇后，

率领大军去远征。

临行再三叮咛，

既然真心爱他，

自己就得多多保重。

沙皇萨尔坦还在远方

指挥着残酷而持久的战斗，

皇后到了临盆的时候；

上帝赐给他们一个很大的儿子，

于是皇后就像母鹰对待小鹰，

精心抚育新生的婴儿；

她派出一名信使，

去向孩子的父亲报喜。

可是纺织工和厨娘，

还有亲家母巴巴里哈，

一心想陷害她。

就叫人拦下信使，

自己另派一个人去，

另写一封书信，说的是：

"皇后昨夜分娩，

生的不是儿子，也不是女儿，

不像老鼠，不象田鸡，

是个古怪的小崽子。"

做了父亲的沙皇

听到信使带来的消息，

盛怒之下想出个怪主意，

要把信使绞死；

但他的心软了一下，

就给信使一道圣旨：

"等皇上班师回朝，

再作适当处置。

信使带着圣旨日夜兼程，

最后终于回到京城。

可是纺织匠和厨娘，

还有亲家母巴巴里哈，

叫人把信使拦下，

拿酒将他灌醉，

使用调包计调换圣旨——

所以醉醺醺的信使

拿出的圣旨是这样的：

"兹勒令王公贵族，

立即将皇后和小崽

悄悄沉入无底大海，

切切此令，不得懈怠！"

王公贵族不敢违抗圣命：

他们为沙皇和皇后

伤感了一阵子之后，

纷纷拥进皇后的寝宫。

宣布了沙皇的旨意——

宣布了母子的死期，

宣读过圣旨，

立即就把皇后和儿子

装进一个木桶里，

还用焦油涂了涂，

滚了一阵子，就推进大海——

一切都照圣旨行事。

星星在蓝蓝的天空闪烁，

波浪在蓝蓝的海上翻腾。

天空飘荡着乌云，

海上浮动着木桶。

皇后在桶里挣扎，痛哭，

像个伤心的寡妇；

婴儿在桶里成长，

一天过去，皇后在哭泣……

孩子却向海浪呼吁：

"海浪呀，好海浪！

你自由自在，无忧无虑；

想到哪里就到哪里，

你能淹没岸边土地，

你能把海边岩石凿穿，

你能载起艨艟巨船；

你不要毁掉我们的性命，

快把我们送上海岸！"

海浪听从他的话，

立刻就把木桶

轻轻送到岸边，

然后缓缓退回海洋。

母亲和孩子得救，

她感觉已到了陆地上。

可是他们怎样从桶里出来，

难道上帝没有安排？

这时候孩子站起，

用小脑袋抵住桶底，

多少使了点儿力气，

说："怎么样？

咱们在这儿开个小窗？"

就把底顶穿，来到陆地上。

现在母子逃脱了死亡；

看到旷野上有一座山冈，

周围是蓝茵茵的大海，

一棵苍翠的橡树长在山冈上。

儿子心想，天色将晚，

要好好地吃顿晚餐。

他折下一根橡树枝，

把树枝弯成一张弓，

又解下十字架上的丝绳，

绷在弓上作弦；

又折一根细长的芦苇，

做成一支轻快的箭。

他朝山谷边沿走去，

在海边寻找野物充饥，

他刚刚来到海边，

听到似乎有什么东西叫唤……

显然，海上并不平静；

他一看，场面果然凶险：

一只天鹅在波浪中挣扎，

头顶上有一只老鹰在盘旋；

可怜的天鹅拼命扑打翅膀，

扑打得周围水花飞溅……

老鹰已经张开利爪，

伸出血腥的尖嘴……

可是就在这时弓弦声响，

利箭射中老鹰的咽喉，

老鹰的鲜血朝海里直流。

王子把弓放下。

只见老鹰落入海水中，

发出一阵阵惨叫声，

天鹅在周围游弋，

对准老鹰一阵猛啄，

叫老鹰快些死去，

又用翅膀一阵扑打，

让老鹰沉入海底，

然后对王子说起人话，

用俄语呼唤王子：

"王子，你是我的救星，

感谢你救我一命；

你的箭沉入大海，

因为我你会三天挨饿，

不过，你不要难过，

这点痛苦算不了什么。

我会好好报答你，

多为你做些好事。

因为你救的不是一只天鹅，

你救的是一位姑娘；

你射死的不是老鹰，

那是一个妖精。

我永远忘不了你的恩情：

今后我会随时为你效力。

现在你且回去，

别难过，快去躺下休息。"

天鹅说罢飞走，

王子和皇后

空着肚子过了一天，

就忍着饿躺下睡觉。

等王子睁开眼睛，

没有驱尽夜的幻影，

就大吃一惊：

他看到面前是一座大城，

有雉堞稠密的城墙，

在白色城墙里面，

有高高的教堂和寺院，

露出金碧辉煌的圆顶。

他急忙把皇后叫醒，

皇后不禁啊呀一声。

王子说："这事儿有来历！

我看，准是我的天鹅在做戏。"

母子朝城里走去。

刚刚跨进城门，

震耳欲聋的钟声

从四面八方响起；

众百姓向他们拥来，

教堂里唱起赞美诗；

衣冠楚楚的王公大臣

乘金马车来迎接他们。

众人高声把他们颂扬，

把公爵金冠戴在王子头上，

一齐拥戴他为首领，

统辖全体臣民百姓。

王子取得皇后同意，

号称格维顿公爵，

并且就在自己的京城里

当天就开始理事。

风在大海上游荡，

挥赶着一条大船；

一条大船张满白帆，

在浪涛中趱赶。

船上人感到惊奇，

纷纷聚集在一起，

看到这熟悉的岛上

白日里出现了奇迹：

一座金碧辉煌的新城市，

岸边设有强盛的关防——

码头上大炮齐发，

勒令大船靠岸停下。

客商们让船在码头停靠，

格维顿公爵就请他们去说话。

请他们吃饱喝足，

就请他们回答：

"各位客商，你们做什么生意？

现在你们往哪儿去？"

客商们回答说：

"我们走遍天下，

贩卖玄狐，

也贩卖紫貂；

现在期限已到，

所以一直向东开去，

经过布扬岛，

到繁荣的萨尔坦王国……"

公爵就对他们说道：

"祝你们一路顺风！

你们漂洋过海，

去见光荣的沙皇萨尔坦，

请代我向他致敬。"

客商们解缆启碇，

格维顿公爵心怀忧伤，

在岸上目送他们远行。

他定神一看，只见白天鹅

在波浪起伏的水上游动。

天鹅对他说：

"你好，我的好公爵！

你怎么像阴雨天气？

有什么伤心事？"

公爵忧伤地回答：

"我心中忧愁苦闷，

好汉也免不了伤心：

我很想见见父亲。"

天鹅说："这算什么难事！

听我说：你是不是愿意，

跟着船飞到海上去？

那你就变作一只蚊子。"

于是天鹅扇动翅膀，

扇得海水哗哗溅起，

把公爵从头到脚，

溅得浑身透湿。

他缩成一个小点儿，

立刻变成一只蚊子，

嗡嗡飞起，

飞到海上，赶上大船，

悄悄落到船上，

藏到一个缝隙里。

海风快活地呼啸，

大船快活地奔跑，

很快过了布扬岛，

朝繁荣的萨尔坦王国进发，

已经远远可以望见

向往中的那个国家。

客商们弃船登岸，

沙皇就请他们去见面，

于是我们这位好汉

跟着他们飞进宫殿。

他看见：沙皇萨尔坦

高踞宝座，头戴皇冠，

全身金光闪闪坐在宫中，

脸上却露出一副愁容。

纺织匠和厨娘，

还有亲家母巴巴里哈，

坐在他的身旁，

时刻注视着沙皇。

沙皇请客人坐下，

就开口向客人问话：

"哦，诸位朋友，

你们是否在海上航行很久？

现在你们往哪儿去？

海外怎样，是好，是坏？

是否有什么奇闻怪事？"

客商们回答说：

"我们走遍世界，

海外生活不坏；

世上现在出了一件奇事：

海上本来有个险峻的岛屿，

不能停船，也不能居住，

是一片空旷的荒地，

上面只长着一棵橡树；

可是如今在那里

出现了一座新城市，

有金顶教堂，有宫殿，

有高楼，还有花园，

是格维顿公爵坐镇那个城市，

他向你表示敬意。"

沙皇萨尔坦听了万分惊异，

他说："只要我能活下去，

要去看看这奇怪的岛屿，

到格维顿那里去小住。"

可是纺织匠和厨娘，

还有亲家母巴巴里哈，

却不愿意让也

到那个岛上去探访。

厨娘狡诈地对她俩挤挤眼睛，

就开口说："真也是，

海边出现一座城市，

那又算什么奇事！

你要知道，什么算稀奇，

比如，树林里有棵枞树，

枞树下有只松鼠，

松鼠唱着歌儿，

一个劲儿啃榛子，

那不是平常的榛子，

壳儿全是金的，

果实是纯净的绿宝石。

那种事儿才算稀奇。"

沙皇萨尔坦听了感到惊异，

蚊子听了却非常生气，

狠狠朝姨妈一叮，

正好叮住她的右眼睛，

厨娘顿时脸色灰白，

瞎了右眼，昏迷不醒。

纺织匠、亲家母和侍从，

叫着嚷着捉蚊虫。

"你这该死的小东西！

我们掐死你！……"

可是蚊子从小窗飞出去，

飞越汪洋大海，

平安飞回自己的领地。

公爵又在海边徘徊，

眼睛不离蓝蓝的大海；

一看，那只白天鹅

又划着波浪浮游过来。

"你好，我的好公爵！

怎么像雨天似的阴郁？

你有什么伤心事？"

天鹅这样问他，

公爵格维顿回答：

"我心里忧愁焦急，

因为我很想看到奇迹：

树林里有一棵枞树，

枞树下有只松鼠；

这事儿实在稀奇——

松鼠唱着歌儿，

一个劲儿啃榛子，

那不是平常的榛子，

壳儿全是金的，

果实是纯净的绿宝石；

不过，这也许是胡言乱语。"

天鹅回答公爵说：

"世人说的松鼠的事是真的；

我知道这个奇迹，

好吧，我的好公爵，

别难过，为了友情，

我愿意帮助你。"

公爵听了心欢喜，

就朝自己宫里走去。

刚跨进宽敞的宫院，

就看见，在一棵高大的枞树下

果然有一只松鼠，

松鼠当着众人啃金榛子，

从榛子里往外掏绿宝石，

一面把壳儿拢集，

堆成一堆又一堆，整整齐齐，

还当着众人吹口哨，

吹着口哨唱歌儿：

"在花园里，果园里……"

格维顿公爵连声称奇。

他说："真谢谢你，

天鹅真了不起，

愿天鹅也和我一样事事如意。"

公爵随后为小松鼠

造了一座水晶房子，

派人把松鼠保护，

还派了一位官员

将榛子清点入库。

松鼠荣耀，公爵获得财富。

风在大海上游荡，

催赶着一条大船；

一条大船张满白帆，

在浪涛中趱赶。

大船驶近险峻的岛屿，

驶近雄伟的城市。

码头上大炮齐发，

命令大船靠岸停下。

客商们在码头停船登岸，

格维顿公爵就请他们去见面；

请他们吃，请他们喝，

然后向他们问话：

"诸位贵客，你们做什么生意？

现在是往哪儿去？"

客商们回答：

"我们走遍全世界，

做的是马匹买卖，

贩的是顿河种马，

现在期限将过，

可是路程还远，

要经过布扬岛，

到繁荣的萨尔坦王国……"

于是公爵对他们说：

"诸位，你们要漂洋过海，

去见英明的沙皇萨尔坦，

祝你们一路顺风；

并且请你们代我传言，

说格维顿向沙皇致敬。"

客商们鞠躬告辞，

出了城就解缆起航。

公爵来到海边，

就看到白天鹅在水面上。

公爵说："我一心向往，

恨不得随他们前去……"

于是天鹅拍溅海水，

转眼间把他浑身打湿：

公爵立即变成一只苍蝇，

在海天之间飞行，

很快落到大船上，

找一个缝隙躲藏。

海风快活地呼啸，

大船快活地奔跑，

很快过了布扬岛，

朝繁荣的萨尔坦王国进发，

已经远远可以望见

向往中的那个国家。

客商们弃船登岸，

沙皇萨尔坦就请他们去见面，

于是我们这位好汉

跟着他们飞进宫殿。

他看见：沙皇萨尔坦

高踞宝座，头戴皇冠，

全身金光闪闪坐在宫中，

脸上却露出一副愁容。

纺织匠和巴巴里哈，

还有独眼的厨娘，

都坐在沙皇身旁，

恶狠狠盯着他，

像三只蛤蟆。

沙皇萨尔坦请客人坐下，

就开口向客人问话：

"哦，诸位朋友

你们是否在海上航行很久？

现在你们往哪儿去？

海外怎样，是好，是坏？

是否有什么奇闻怪事？"

客商们回答说：

"我们走遍全世界，

海外生活不坏；

世界上现在出了奇事：

大海上有一个岛屿，

岛上有一座新城市，

有金顶教堂，有宫殿，

有高楼，还有花园；

宫殿前长着一棵枞树，

枞树下有座水晶房子，

里面住着一只驯顺的松鼠，

是一个挺好玩的小东西！

那松鼠唱着歌儿，

一个劲儿啃榛子，

那可不是平常的榛子，

壳儿全是金的，

果实是纯净的绿宝石；

那松鼠有仆役服侍，

还有侍卫保护；

还有一位官员

清点榛子数目；

军队向松鼠行礼；

把榛子壳儿铸成金币，

金币流通世界各地；

姑娘们收集绿宝石，

藏进库房、窖室；

那个岛上家家富裕，

没有破屋，到处高楼林立；

在那里坐镇的是格维顿公爵，

他向你表示敬意。"

沙皇萨尔坦听了万分惊异：

"只要我能活下去，

我要去看看那个奇怪的岛屿，

到格维顿那里去小住。"

可是纺织匠和厨娘，

还有亲家母巴巴里哈，

却不愿意让他

到那个岛上去探访。

纺织匠冷冷一笑，

就对沙皇说道：

"哼，那有什么稀奇！

松鼠啃小石子，

把金壳儿咬开，

把绿宝石堆起来，

不论说的是真是假，

都不值得大惊小怪。

世上另有一桩奇事：

大海涌起百尺波涛，

奔腾，呼啸，

涌向荒凉的海岸，

在呼啸奔腾中裂成碎片，

于是在岸上

出现三十三条好汉，

浑身鳞甲，英气勃勃，

个个英俊，剽悍，

年轻力壮，肩宽腰圆，

个个一样，好像挑过一般。

还有契尔诺莫夫大叔在一起。

这种事儿才称得上

真正的奇闻怪事！"

聪明的客人们不言不语，

不愿意跟她争论。

沙皇萨尔坦听了万分惊异，

格维顿听了异常气愤……

他"嗡嗡"地飞上去，

狠狠朝姨妈左眼一叮，

纺织匠脸色灰白，

"哎呀"一声，

立即瞎了左眼睛，

大家叫喊："快抓，快抓，

掐死它，掐死它……

等着吧，叫你知道厉害……"

可是公爵已经飞出窗外，

飞越海洋，

平安回到自己的领地上。

公爵又在海边徘徊，

眼睛不离蓝蓝的大海；

一看，那只白天鹅

划着波浪浮游过来。

"你好，我的好公爵！

怎么像雨天似的阴郁？

你有什么伤心事？"

天鹅这样问他。

公爵格维顿回答：

"我心里忧愁焦急，

因为很想看到在我的领地上

也出现那样的奇迹。"

"那是什么样的奇迹？"

"大海上涌起百尺波涛，

奔腾，呼啸，

涌向荒凉的海岸，

在呼啸奔腾中裂成碎片，

于是在岸上

出现三十三条好汉，

浑身鳞甲，英气勃勃，

个个英俊，剽悍，

年轻力壮，肩宽腰圆，

个个一样，好似挑过一般。

还有契尔诺莫夫大叔在一起。"

天鹅回答公爵：

"这算什么操心事？

好公爵，不要焦急，

我知道这个奇迹，

那些海上的壮士，

都是我的亲兄弟。

你去吧，不要伤神，

等待弟兄们来临。"

公爵不再忧愁，

转身登上城楼。

定神向大海眺望，

突然看见海上涌起巨浪，

巨浪在呼啸奔腾中裂成碎片，

岸上就出现了

三十三条好汉，

浑身鳞甲，英勇剽悍，

好汉们两个一排，

白发苍苍的大叔

走在他们前头，

率领他们朝城里走来。

为了迎接高贵的客人，

格维顿公爵急忙跑下城，

还有许多人拥来欢迎。

大叔向公爵敬礼：

"天鹅派我们来见你，

并且对我们作过指示，

要我们天天来巡逻，

保卫你的美好城市。

我们从今天开始，

履行我们的使命，

天天从海里出来，

保卫你的京城。

现在我们且回大海，

因为我们在陆地上还不习惯，

不过咱们很快又会见面。"

说完转身就不见。

风在大海上游荡，

催赶着一条大船，

一条大船张满白帆，

在浪涛中趱赶。

大船驶近险峻的岛屿，

驶近雄伟的城市；

码头上大炮齐发，

命令大船靠岸停下。

客商们在码头停船登岸，

公爵就请他们去见面；

请他们吃，请他们喝，

然后向他们问话：

"诸位贵客，你们做什么生意？

现在是往哪儿去？"

客商们回答：

"我们走遍全世界，

贩的是上等钢材，

还有纯银和纯金，

现在已到期限，

我们的航程还远，

要经过布扬岛，

去繁荣的萨尔坦王国。"

于是公爵对他们说:

"诸位,你们要漂洋过海,

去见光荣的沙皇萨尔坦,

祝你们一路顺风,

并且请你们代我传言,

说格维顿向沙皇致敬。"

客商们鞠躬告辞,

出了城就解缆起航。

公爵来到海边,

就看到白天鹅在海面上。

公爵就说:"我一心向往,

恨不得跟他们前去……"

于是天鹅拍溅海水,

转眼间把他浑身打湿:

公爵立刻变得很小,

变成野蜂一只，

"嗡嗡"地飞起，

追赶海上的大船，

轻轻落到船尾，

往缝隙里一钻。

海风快活地呼啸，

大船快活地奔跑，

很快过了布扬岛，

朝繁荣的萨尔坦王国进发，

已经远远可以望见

向往中的那个国家。

客商们停船登岸，

沙皇萨尔坦请他们去见面。

于是我们这位好汉

跟着他们飞进宫殿。

他看见：沙皇萨尔坦

高踞宝座，头戴皇冠，

全身金光闪闪坐在宫中，

脸上却露出一副愁容。

纺织匠和厨娘，

还有亲家母巴巴里哈，

坐在沙皇身旁，

三个人用四只眼盯着他。

沙皇萨尔坦请客人坐下，

就开口向客人问话：

"哦，诸位朋友，

你们是否在海上航行很久？

现在你们往哪儿去？

海外怎样，是好，是坏？

是否有什么奇闻怪事？"

客商们回答说：

"我们走遍全世界，

海外生活不坏；

世上现在出了奇事：

大海上有一个岛屿，

岛上有一座城市，

那里天天出现奇迹：

海上涌起百尺波涛，

奔腾，呼啸，

涌向荒凉的海岸，

在呼啸奔腾中裂成碎片，

于是在岸上

出现三十三条好汉，

浑身鳞甲，英气勃勃，

个个英俊，剽悍，

年轻力壮，肩宽腰圆，

个个一样，好似挑过一般；

年老的契尔诺莫夫大叔

率领他们从海里走出，

让他们排成一对对，

天天在城边巡逻放哨，

保卫这个海岛。

没有比这些守卫更可靠，

比他们更勇敢和勤劳。

在那里坐镇的是格维顿公爵，

他向你表示敬意。"

沙皇萨尔坦听了万分惊异：

"只要我能活下去，

一定去看看那个奇怪的岛屿，

到格维顿那里去小住。"

纺织匠和厨娘一言不发，

可是亲家母巴巴里哈

冷笑一声，就开口说话：

"这有什么值得大惊小怪？

有人从海里走出来，

巡逻放哨，走上几圈！

不管这是真话是胡言，

我看不出这有什么稀罕。

世上有没有真正的奇事？

有一种传闻就是真的：

海外有一位公主，

令人百看不厌；

夜晚她能照亮大地，

白天能叫阳光暗淡。

辫子亮闪闪像月光，

额头像星星发亮。

雍容优雅，仪态万方，

走路像孔雀一样端庄；

说话像小河流水，

又清脆，又流畅。

这种事才称得起

真正的奇闻怪事。"

聪明的客人们不言不语，

不愿意跟她争论。

沙皇萨尔坦听了万分惊异，

格维顿听了异常气愤，

但他有些怜惜

他姥姥的眼睛。

在她头上绕了两圈儿，

就落到她的鼻子上，

狠狠蜇了一口她的鼻尖儿，

鼻子上顿时起了一个大包。

于是又引起一阵惊叫：

"我的天呀，不得了啦！

哎呀呀，快抓，快抓！

掐死它，掐死它……

坏东西，等着瞧吧！……"

可是野蜂已飞出小窗，

飞越海洋，

回到自己的领地上。

公爵在海边徘徊，

眼睛不离蓝蓝的大海；

一看，那只白天鹅

又划着波浪浮游过来。

"你好，我的好公爵！

怎么像雨天似的阴郁？

你有什么伤心事？"

天鹅这样问他。

格维顿这样回答：

"我心里忧愁焦急，

人人都有家室，

只有我未曾娶妻。"

"你看中哪一位美女？"

"传说世上有一位公主，

令人百看不厌，

夜晚她能照亮大地，

白天能使阳光暗淡。

辫子亮闪闪像月光，

额头像星星发亮。

雍容优雅，仪态万方，

走路像孔雀一样端庄。

说话像小河流水，

又清脆，又流畅。

不知是否真有这样的姑娘？"

公爵惴惴不安地等待回答，

白天鹅却不言不语，

沉思一阵，这才说话：

"是的，有这样一位女子。

可妻子不是手套，

不能塞进腰带，

也不能随便甩掉。

我有一条忠告：

你听着，这是大事，

你要认真想想

免得将来后悔懊恼。"

公爵对天鹅赌咒发誓，

说他已到了娶妻年纪，

这一切他都好好想过，

考虑再三，打定主意；

海枯石烂，此心不变，

他要徒步从这里走去，

去寻找美丽的公主，

哪怕走到地角天边。

这时天鹅深深叹了口气，

说："何必到远处去？

要知道姻缘就在眼前，

因为我就是公主。"

于是她扑扇起翅膀

在波浪之上飞翔，

飞向岸边，就从高空

落进岸边树丛；

抖了抖身子，抖落毛羽，

顿时变成美丽的公主：

辫子亮闪闪像月光，

额头像星星发亮；

雍容优雅，仪态万方，

走路像孔雀一样端庄；

说话像小河流水，

又清脆，又流畅。

公爵将公主抱住，

将她紧紧搂在怀里，

并且立刻带着她

去见亲爱的妈妈。

公爵跪下恳求：

"亲爱的母后，

我为自己选了个好妻子，

为你选了个孝顺媳妇，

我们俩请求你允许，

请求你为我们祝福：

祝福你的孩子

亲亲爱爱，和睦相处。"

母亲捧起圣像，

举在他们低垂的头上，

流着眼泪说："好孩子，

上帝会赐福给你们！"

公爵略事张罗，

就与公主成亲；

从此过起幸福日子，

只等添子添孙。

风在大海上游荡，

催赶着一条大船；

一条大船张满白帆，

在浪涛中趱赶。

大船驶近险峻的岛屿，

驶近雄伟的城市，

码头上大炮齐发，

命令大船靠岸停下。

客商们在码头停船登岸，

格维顿公爵就请他们去见面，

请他们吃，请他们喝，

然后向他们问话：

"诸位贵客，你们做什么生意？

现在是往哪儿去？"

客商们回答：

"我们走遍全世界，

做一点违禁的买卖，

收入倒也不坏：

可是我们路程还长，

要经过布扬岛，向东方，

到繁荣的萨尔坦王国，

回自己的家乡。"

于是公爵对他们说：

"诸位，你们漂洋过海，

去见英明的国王萨尔坦，

祝你们一路平安；

我请你们提醒他，

提醒我们的君主，

他答应到我这里小住，

可是至今未见圣躬。

就说我向他致敬。"

客商们解缆起程。

公爵这一回留在家里，

没有离开自己的妻子。

海风快活地呼啸，

大船快活地奔跑，

很快过了布扬岛，

朝繁荣的萨尔坦王国进发，

已经远远可以望见，

那个熟悉的国家。

客商们弃船登岸，

沙皇萨尔坦就请他们去见面。

客商们看见

沙皇坐在宫中，头戴皇冠，

纺织匠和厨娘，

还有亲家母巴巴里哈，

坐在沙皇身旁，

三个人用四只眼盯着他。

沙皇萨尔坦请客人坐下，

就向客人问话：

"哦，诸位朋友，

是否在海上航行很久？

现在你们往哪儿去？

海外怎样，是好，是坏？

可有什么奇闻怪事？"

客商们回答说：

"我们走遍全世界，

海外生活不坏；

世上是有神奇的事：

大海上有一个岛屿，

岛上有一座城市，

有金顶教堂，有宫殿，

有高楼，还有花园；

宫殿前长着一棵枞树，

枞树下有一座水晶房子，

里面住着一只驯顺的松鼠，

是一个很好玩的小东西！

那松鼠唱着歌儿，

不住地啃榛子，

那不是平常的榛子，

壳儿全是金的，

果实是纯净的绿宝石；

那松鼠有人保护和服侍。

那儿还有别的奇事：

海上涌起百尺波涛，

奔腾，呼啸，

涌向荒凉的海岸，

在呼啸奔腾中裂成碎片，

于是在海上

出现三十三条好汉，

浑身鳞甲，英气勃勃，

个个英俊，剽悍，

年轻力壮，肩宽腰圆，

个个一样，好似挑过一般。

还有契尔诺莫天大叔在一起。

没有谁比这些卫士更可靠，

比他们更勇敢和勤劳。

公爵还有一位夫人，

令人百看不厌；

夜晚她能照亮大地，

白天能叫阳光暗淡。

辫子亮闪闪像月光，

额头像星星发亮。

格维顿公爵坐镇那个城市，

人人称赞他的政绩；

他要我们向你致意，

不过他也埋怨你，

说你答应去小住，

可是至今也没有去。"

这时沙皇再也忍耐不住，

吩咐立即准备船只。

纺织匠和厨娘，

还有亲家母巴巴里哈，

都不肯让他

到神奇的岛上去探访。

可是沙皇不听她们的，

叫她们立即把嘴闭上。

"怎么，我是沙皇还是孩子？"

他厉声说，"我这就去。"

说过把脚一顿，

把门砰地一碰，就出了门。

格维顿坐在窗前，

默默地向大海眺望：

大海不咆哮，也不翻腾，

海面上只是微波荡漾；

只见一条条大船，

出现在蓝幽幽的远方：

那是萨尔坦的皇家船队

行进在辽阔平静的海面上。

格维顿公爵立刻跳起来，

高声呼唤：

"我亲爱的妈妈！

还有你，年轻的公爵夫人！

你们快朝那边看：

是父王的船队来临！"

船队渐渐来到岛屿跟前，

公爵拿起望远镜观看：

只见沙皇站在甲板上，

也用望远镜朝他们观望。

跟他一起的有亲家母巴巴里哈，

还有纺织匠和厨娘。

她们看到这陌生的地方，

都感到惊奇异常。

只听见礼炮齐鸣，

许多钟一齐敲响。

格维顿亲自走向海边，

他在海边迎接沙皇，

还有外婆巴巴里哈，

还有纺织匠和厨娘。

他领着沙皇朝城里走，

路上什么也不讲。

大家来到宫殿门前：

只见鳞甲亮光闪闪，

沙皇看到大门口

站的是三十三条好汉，

个个英俊、剽悍，

浑身鳞甲、英气勃勃，

年轻力壮，肩宽腰圆，

个个一样，好似挑过一般，

还有契尔诺莫夫大叔在一起。

沙皇跨进宽敞的宫院：

在一棵高大的枞树下面，

有一只松鼠在唱歌儿，

啃着金榛子，

掏着绿宝石，

装进小袋儿，

宽敞的宫院里

堆满金壳儿。

贵客们再往前，

急忙一看——哎呀！……

公爵夫人果然惊人美艳！

辫子亮闪闪像月光，

额头像星星发亮。

雍容优雅，仪态万方，

走路像孔雀一样端庄，

挽着婆母前来相迎……

沙皇一见，就认出来——

他的心多么激动！

"哎呀，这是怎么回事？

真想不到！"连呼吸也停止……

沙皇泪水如泉涌，

他把皇后抱住，

又拥抱儿子和儿媳……

于是大家坐到桌边，

摆开欢乐的酒宴。

纺织匠和厨娘，

还有亲家母巴巴里哈，

急忙跑到角落里去躲藏，

好不容易把她们找到场。

她们立刻当众认错，

号啕大哭，表示悔过；

因为在这样大喜的日子，

沙皇就放她们回家去。

就这样过了一天，

沙皇在半醉中去安眠。

我也在场，喝过蜜酒和啤酒——

不过只是湿了湿胡子尖。

渔夫和金鱼的故事

有一个老头儿和他的老婆子

住在蓝蓝的大海边；

在一座破旧的泥土小屋，

住了整整三十三年。

老头儿张网捕鱼，

老婆子结纱纺线。

有一次老头儿向大海撒下渔网，

只是捞上来一些水藻。

他第二次撒下渔网，

捞上来一网海草。

第三次撒下网去，

就捞上来一条鱼，

不是平常的鱼，是一条金鱼。

金鱼竟苦苦哀告！

说起人话："老人家，

放我回大海吧！

我会好好给你报答：

你要什么，给你什么。"

老头儿又惊又怕，

他打鱼三十三年，

从来没听说鱼会说话。

他放了金鱼，

还对她好言好语：

"金鱼，你去吧！

我不要你报答；

你快回蓝色的大海，

自由自在去玩耍。"

老头儿回到家里，

对老婆子说起天大的怪事：

"我今天捞到一条鱼，

不是平常的鱼，是一条金鱼；

金鱼还会说人话，

她恳求把她放回大海，

说要好好给我报答：

我想要什么，给我什么。

我不敢要什么报答，

就这样放了她。"

老婆子开口就骂：

"你这浑蛋，你这傻瓜！

不敢要金鱼的报答！

哪怕要个木盆也罢，

咱们的木盆已经破得不像话。"

于是老头儿走到海边，

看到海上微微泛起波澜。

老头儿对金鱼呼唤，

一会儿金鱼游到他面前：

"你要什么，老人家？"

老头儿向她行个礼，回答：

"鱼娘娘，行行好吧，

老婆子把我一顿大骂，

闹得我老头子不得安宁：

她要一个新木盆；

我家木盆已经破得不能用。"

金鱼回答说：

"别发愁 放心去吧，

新木盆就会到你家。"

老头儿回到家门，

看见果然有了新木盆。

老婆子却吵闹得更狠：

"你这浑蛋，你这傻瓜！

只要一个木盆，你真傻。

木盆算什么值钱东西？

你快回去找找金鱼，

给她行个礼，要座木房子。"

老头儿又来到海边，

（大海上波滚浪翻。）

老头儿向金鱼呼唤，

金鱼又游到他面前：

"老人家，你要什么？"

老头儿行过礼，就回答：

"鱼娘娘，行行好吧！

老婆子吵闹得更凶，

闹得我老头儿不得安宁：

这唠叨婆娘要一座木房。"

金鱼就回答说：

"放心去吧。就这样,

你家会有一座木房。"

老头儿朝家里走去,

泥土小屋不见影子;

面前一座木房,

正屋明亮宽敞,

砖烟囱刷了白粉,

还有橡木大门。

老婆子坐在窗下,

一见丈夫就破口大骂:

"你这浑蛋,十足的傻瓜!

只要这样一座木房子!

快回去,给金鱼行个礼:

我不愿做低贱的农妇,

我要成为世袭贵族。"

老头儿来到大海边，

（大海上波浪滔天。）

老头儿向金鱼呼唤，

金鱼又游到他面前：

"老人家，你要什么？"

老头儿行过礼，就回答：

"鱼娘娘，行行好吧！

老婆子脾气发得更凶，

闹得我老头儿不得安宁：

她已经不愿做农妇，

要成为世袭贵族。"

金鱼回答说：

"别犯愁，放心去吧。"

老头儿朝家里走去，

他看见什么——

一座高大的府第。

老婆子站在台阶上，

坎肩是名贵的黑貂皮，

头戴锦绣头饰，

脖子上挂着珍珠，

手戴宝石金戒指，

脚蹬红皮靴子。

两旁站着恭顺的仆役，

她又打，又揪他们的头发。

老头儿战兢兢对她说话：

"你好，高贵的夫人！

想必你现在事事称心？"

老婆子把他呵斥一顿，

就派他去做喂马人。

过了一礼拜，又一礼拜，

老婆子脾气发得更厉害；

她又叫老头儿去找金鱼：

"快去，给金鱼行个礼，

就说我不愿做世袭贵妇，

要做随心所欲的女皇帝。"

老头儿吓了一跳，恳求说：

"老婆子，你怎么，吃了疯药？

你走路、说话都不像样！

只会惹天下人笑话。"

老婆子顿时火冒三丈，

打了丈夫一记耳光。

"你这庄稼佬，敢跟我顶撞？

跟我这世袭贵妇争执？

快到海边去，我说一不二，

你不去，叫人押你去。"

老头儿来到海边，

（海上一片阴沉昏暗。）

他又向金鱼呼唤，

金鱼又来到他面前：

"老人家，你要什么？"

老头儿给她行过礼，说：

"行行好吧，鱼娘娘，

老婆子又大吵大嚷，

她不愿做世袭贵妇，

要做随心所欲的女皇。"

金鱼回答说：

"放心去吧！就照你说的：

让老婆子做女皇帝！"

老头儿回到家门前，

看见的是皇家宫殿。

老婆子已成为女皇，

正坐在宫中进膳，

王公贵族两旁伺候，

为她斟上海外名酒，

给她传送糕点珍馐；

肩荷斧钺的宫廷卫士

威风凛凛地在周围侍立。

老头儿一见，心惊肉跳！

连忙对老婆子叩头行礼：

"你好，威风的女皇帝！

现在想必你称心如意。"

老婆子对他理也不理，

只吩咐把他赶出去。

王公大臣跑过来，

抓住老头儿脖子就推。

一群卫士赶到门口，

差点儿用斧头把他劈碎。

大家都嘲笑他：

"活该，老傻瓜！

这是给你的教训：

别忘记自己的身份！"

过了一礼拜，又一礼拜，

老婆子脾气发得越来越厉害。

她派大臣去找丈夫，

找到老头儿，把他押来。

老婆子命令老头儿：

"快去，给金鱼行个礼，

就说我不愿再做女皇，

我要做海霸王，

要生活在海洋中，

让金鱼伺候我，

随时听我使唤。"

老头儿不敢违抗，

也不敢开口顶撞。

于是他又来到海边，

看到海上起了黑色风暴，

涌起万丈怒涛，

奔腾，怒吼，狂啸。

老头儿向金鱼呼唤，

金鱼又来到他面前：

"老人家，你要什么？"

老头儿对她行过礼，说：

"行行好吧，鱼娘娘！

该死的老婆子太张狂，

她已经不愿再做女皇，

她要做海霸王；

要生活在海洋中，

叫你亲自伺候她，

随时听她使用。"

金鱼没有说一句话，

就游进大海深处，

只是在水里摆了一下尾巴。

老头儿在海边等回答，

很久没等到，就回了家。

一看：依旧是泥土小屋一间；

他的老婆子坐在门槛，

那个破木盆还在她面前。

死公主和七好汉的故事

沙皇御驾要远行，

告别皇后就启程。

皇后天天坐在窗下，

孤单单等待着他。

从早晨等到夜晚，

两眼望着原野，

从黎明到深夜

望得两眼发酸。

看不见爱侣！

只见风雪弥漫，

大雪覆盖原野，

大地白茫茫一片。

九个月过去，

两眼把原野望穿。

就在圣诞前一天夜里，

皇后生下一个女儿。

终于有一天早晨，

做了父亲的沙皇，

那日夜盼望的远行人，

远方归来，跨进家门。

皇后看了他一眼，

就感到呼吸困难；

她经不住过度欢喜，

在午祷之前就死去。

沙皇伤心了很久。

怎么办？他也是凡人。

一年过去，像梦一样，

沙皇又娶了另一位姑娘。

说实话，这年轻女子

倒也是天生丽质：

又白又高又苗条，

聪明伶俐，多才多艺；

可是又傲慢又喜欢装腔作势，

而且又骄横又爱妒忌。

她带来的嫁妆，

只有一面镜子，

这镜子有本事，

会说人的话语。

她和镜子在一起，

又和善，又欢喜，

对着镜子观看自己的容貌，

跟镜子亲热地说笑：

"我的好镜子，你说说，

要老老实实告诉我：

世上是不是我最可爱？

我的脸最红润和雪白？"

镜子回答她说：

"是的，事实如此。

皇后呀，你最可爱，

你的脸最红润和雪白。"

于是皇后哈哈大笑，

转悠着身子，叉着腰，

骄傲地照着镜子，

又挤眼睛，

又耸肩膀，

还把指头弹得吧吧响。

可是年轻的公主

悄悄地在成长，

不知不觉长大，

出落成一位美丽的姑娘。

白嫩的脸　乌黑的眉，

天生温柔贤惠。

很快就有了求婚的，

求婚的是叶里谢王子。

媒人一来，婚事立刻定下，

还准备了三厚的陪嫁：

七座通商大邑，

一百四十座府第。

于是皇后梳妆打扮，

准备去赴公主的婚前晚宴，

她站在镜子前面，

又和镜子说起话来：

"你说说，是不是我最可爱？

我的脸最红润和雪白？"

镜子又能怎样回答？

"你很美，事实如此；

但最可爱的还是公主，

她比谁都红润和雪白。"

皇后听了暴跳如雷，

使劲把纤手一挥，

狠狠拍了拍镜子，

拼命用脚后跟跺地！……

"哼，你这该死的玻璃！

你是故意说谎叫我难受。

她怎么能跟我相比？

我要打消她的糊涂念头。

瞧她那副丑样儿！

皮肤雪白，算什么稀奇？

因为母亲怀她的时候，

老是坐在窗下望着雪地！

你就说说：她怎么会

在各方面比我更可爱？

你要承认：我最美丽。

走遍全国，甚至世界，

没有谁能跟我相比。

你说，是不是？"

镜子回答说：

"还是公主最可爱，

她比谁都红润和雪白。"

她无可奈何，

心中顿时生起妒火；

就把镜子扔到长凳下，

叫来契尔娜芙卡，

立即吩咐她，

吩咐这个贴身侍女，

把公主带进密林里，

把她捆牢靠，

放在松树底下，

叫狼把她活活吃掉。

妇人发火哪有什么理性？

谁有道理也跟她说不清。

契尔娜芙卡带上公主，

朝密林深处走去；

公主猜到了诡计，

心中十分畏惧，

于是她苦苦哀求：

"我有什么过错？

好大姐，不要杀害我！

将来我做了皇后，

我会好好给你报酬。"

契尔娜芙卡心里喜欢她，

没有杀她，也没有捆绑，

把她放走，并且说：

"上帝保佑你，别悲伤。"

契尔娜芙卡一个人回宫去。

皇后问她："怎么样？

把美人儿扔在什么地方？"

契尔娜芙卡回答说：

"把她一个人丢在密林中，

她的胳膊捆得很牢靠，

很容易叫野兽吃掉；

不吃掉她也受不住，

过不多久就会死去。"

于是渐渐传开一个消息：

沙皇的女儿丢失！

可怜的沙皇为她悲伤。

王子叶里谢

诚心祈祷上苍。

他打点行装出门去，

寻找年轻的未婚妻，

寻找朝思暮想的美人儿。

且说年轻的公主

在森林里徘徊到天亮；

这时她走着走着，

遇见一座楼房。

一条狗吠叫着跑来，

停了吠叫，就跟她玩儿。

她走进大门，

院子里寂静无人。

狗跟着她，跟她亲热，

公主慢步向前，

走上台阶，

抓住门环，

轻轻把门打开。

于是公主走进去。

这是一间明亮的正房：

四周是长凳，铺了毡毯，

一张橡木桌在圣像下面，

还有砌瓷砖的壁炉火炕。

公主一眼就看出，

这儿有好人居住；

看来，她不会受什么委屈。

公主什么人也没看见，

就在房里走了一遍，

把房里好好收拾一番，

把壁炉烧旺，

把圣像前蜡烛点亮，

爬上高高的板床，

很快进入梦乡。

快到午饭时光，

院里传来脚步声响：

走进来七条好汉，

个个短胡髭、枣红脸。

为首的说："多么出奇！

房里这样清洁、整齐。

准是有人手脚勤快，

收拾屋子，等主人归来。

是谁呀？快出来相见，

跟我们好好交个朋友。

如果你是一个老汉，

我们待你如亲爹一般；

如果你是青年小伙子，

就是我们的结义兄弟；

如果你是老妇人，

我们永远待你像亲娘；

如是一个美丽姑娘，

我们待你像亲妹妹一样。"

公主下来和他们见面，

对主人一躬到地，

向他们表示敬意，

红着脸说：对不起，

没有得到主人邀请，

就闯进来打搅。

他们听了她的谈吐，

立刻就猜出来客就是公主；

他们请她丛上座。

拿出馅饼请她尝；

斟好上等美酒，

用毛盘端上。

公主再三辞谢，

没有喝烈性好酒，

只是掰了一小块馅饼，

匆匆吃了几口。

一路走来劳累已极，

公主请求上床休息。

好汉们领她上楼，

走进一个明净的房间，

让她一个人留下，

在这里好好睡眠。

不觉一天又一天过去，

公主留在森林里，

跟七好汉在一起，

她不感到孤寂。

在朝霞升起之前，

弟兄们一起外出，

到外面遛遛腿儿，

打打灰毛野鸭，

舒展舒展右臂，

把萨拉森人砍下马，

或者把鞑靼人头颅，

从宽宽的肩上砍下，

或者把五峰山的车臣人

驱逐出深山老林。

这时候她像一位女当家，

一个人留在楼房里，

收拾房子，准备饭食。

她不跟他们顶撞，

他们也不和她争执，

和和睦睦过着日子。

他们都爱上可爱的姑娘。

有一天，天刚蒙蒙亮，

兄弟七个一起

走进她的闺房。

大哥开口对她说：

"姑娘，我们的好妹妹，

我们一共七个人，

人人都爱上你，

希望和你结婚，

但这不可能，

那就看在上帝面上，

由你给我们决定：

你给我们中一人做妻子，

其余的仍然是好兄弟。

你为什么摇头？

是你不愿意，

还是觉得我们配不上你？"

公主回答他们说：

"哎呀，你们行侠仗义，

都是我的好兄弟；

我要是对你们说谎，

上帝会叫我不得好死。

怎么办？我已经有了主儿。

我对你们同样相看，

你们都聪明、勇敢，

我对你们都真心喜欢；

可是我已经订了终身。

三子叶里谢

是我的未婚夫君。

兄弟们一声不响地站着，

搔了搔后脑勺。

大哥行了个礼，说：

"问一问不算过错。

那就请你多多原谅，

既然这样，这事今后不再提。"

公主小声说："我不生气；

我直言相告，也请不要介意。"

求婚的人对她行了个礼，

就悄悄退了出去。

大家又像原来一样，

和和睦睦过起日子。

可是狠毒的皇后

还没有忘记公主，

不肯把她饶恕，

她对镜子也很生气，

恼恨了好一阵子。

终于有一天忽然想起，

就去拿出镜子；

照着镜子，消了怒气，

又炫耀起自己的美丽，

对着镜子笑眯眯：

"镜子，你好，你说说，

老老实实告诉我：

世上是不是我最可爱？

我的脸最红润和雪白？"

镜子回答她说：

"你很美，事实如此；

可是在密密的橡树林里，

有一位姑娘无声无息，

跟七好汉生在一起，

她比你更美丽。"

于是皇后大发雷霆，

大骂契尔娜芙卡：

"你怎敢把我欺骗？

好大的狗胆！……"

契尔娜芙卡全部招认：

如此这般……

狠毒的皇后怒火冲天，

要给她戴上铁颈圈；

叫她去把公主杀掉，

要不然自己小命难逃。

有一天，年轻的公主

坐在窗下纺线，

等待外出的七好汉。

突然狗在台阶下面

狂叫起来；姑娘就看见：

一个讨饭的修女

来到院子里，

一面用拐杖赶着狗。

"等一等，大娘，慢点走，"

姑娘在窗口对她喊道，

"等我把狗赶开，

再给你拿点吃的东西来。"

修女回答她说：

"哎呀，你真是个好姑娘，

可恶的狗把我吓坏了，

简直要把我吃掉。

瞧它盯得我多厉害，

你还是到我这儿来。"

公主拿了面包就想走过去，

可是她一下台阶，

狗就在她脚边狂叫不止，

不让她向老婆子靠拢；

老婆子朝她一挪步，

狗就朝老婆子直扑，

那样子比林中野兽还凶。

公主说："真是怪事！

看样子，是狗没有睡醒。

给你，你接住！"

就把面包扔过去。

老婆子接了面包。

"谢谢你，"她说道，

"上帝会保佑你；

这是我回敬你的，你接好！"

于是一个熟透的苹果，

又金黄又新鲜，

飞向公主面前……

狗猛地跳起，尖声狂叫……

公主伸出双手一抓，

把苹果接到。

"谢谢你让我吃一顿饱饭，

好姑娘，你就吃个苹果消遣。"

老婆子说完，

鞠了个躬就不见……

狗跟着公主跑上台阶，

怜惜地望着她的脸，

凄厉地对她吠叫，

好像心痛如刀绞，

好像在说："快扔掉！"

公主跟它亲热，

用纤手将它抚摩：

"你怎么啦，索科尔科？

快躺下！"说过就进了正房，

轻轻把门关上；

又坐到窗下纺纱，

等待好汉们回家。

可是她一再看那苹果，

那苹果又水灵又饱满，

又芳香又新鲜，

金灿灿，红艳艳，

好像蜂蜜灌满，

连籽儿都看得见……

她本想等到午饭时候，

可是经不住引诱，

就把苹果拿起，

送到红艳艳的唇边，

轻轻咬了一口，

把一小块苹果咽下……

忽然她，我的好姑娘，

停了呼吸，身子晃了晃，

雪白的双臂一耷拉，

红艳艳的苹果掉在地上。

她眼珠儿一翻，

就倒在圣像下面，

头撞着长凳，

一声不响，动也不动。

这时候七兄弟

抢劫富豪得手，

结伙归来，正在路上走。

狗迎着他们奔来，

并且厉声大叫，

示意他们快跑。

兄弟们说："事情不妙！

一定有祸事临门。"

好汉们纵马飞奔。

一进家门，不禁啊呀一声。

狗跑进房里，就尖叫着

飞快地扑向苹果，

呜呜地发了一阵怒气，

把苹果一口吞下，

就倒在地上死去。

这分明是说，苹果里

灌满了毒汁。

看到死去的公主，

兄弟们悲痛不已。

一个个把头低下，

念起神圣的祷词。

大家把她抬起，

给她穿戴整齐。

本想把她埋葬，

可是又改变主意。

公主仿佛在睡觉，

那样安详，那样艳丽，

只是没有喘气。

他们等了三天，

她还是没有醒转。

好汉们举行了仪式致哀，

就把公主的尸体

放进水晶棺材。

然后把棺材抬起

送到荒僻的深山里，

并且在夜深时候

小心地系上铁链，

吊在六根柱子上面，

又在周围竖起栏栅。

好汉们鞠躬到地，

向死去的妹妹行礼。

大哥说："你就在这儿安歇。

你中了奸人毒计，

绝世美貌转眼间破灭；

愿你的灵魂早升天国。

我们爱你都爱得很深，

你却为心上人守身，

谁也没有得到你，

只将如花似玉身付予死神。"

狠毒的皇后

这时正在等待好消息。

她悄悄拿起镜子，

又提出自己的老问题：

"你说说，是不是我最可爱？

我的脸最红润和雪白？"

于是她听到回答：

"是的，皇后，事实如此。

世上数你最可爱，

你的脸最红润和雪白。"

且说叶里谢王子，

正在到处奔波，

寻找自己的未婚妻。

到处不见她的踪迹！

王子伤心地哭泣。

不论他询问什么人，

谁都无法回答他的问题。

有的人当面嘲笑他，

有的人掉头不回答。

王子不知究竟该怎样，

最后他去问红太阳：

"我们的好太阳！

你整年巡行在天上，

不论寒冬，不论阳春，

你能看见我们每一个人。

难道你不能给我回答，

你是不是在什么地方

看见一位年轻的公主？

她是我的未婚妻。"

红太阳回答说："好王子，

我没有看见公主，

大概她已不在人世。

也许月亮，我的邻居，

在什么地方见过她，

或者发现她的踪迹。"

叶里谢心中愁闷，

只等黑夜来临。

月亮刚刚露头，

他就追上去恳求：

"月亮呀，月亮！

你这金色号角，我的好友！

你总是在黑夜里起身，

露出明亮的眼睛、圆圆的脸庞，

星星喜欢你的风姿，

总是对着你张望。

难道你也不能给我回答，

你是不是在什么地方

见过一位年轻公主，

她是我的未婚妻。"

皎洁的月亮回答说:

"王子,我的好兄弟,

我没见过你的未婚妻。

我出来巡逻守夜,

只是在轮到我的日子。

也许在我不守夜的时候,

她从这儿走过去。"

王子回答说:"真是憾事!"

明月又说:"不要着急!

也许风知道她的踪迹,

风能对你说说她的信息。

你就去找风试试,

再见吧,不要悲悽。"

王子叶里谢不再难受,

就跑去找风,对风恳求:

"风呀，风呀，你力大无穷，

你能催赶滚滚乌云，

你能使大海翻起波涛，

你到处游荡，到处奔跑。

除了上帝，你什么也不怕。

难道你也不能给我回答，

你是不是在什么地方

见过一位年轻的公主？

她是我的未婚妻。"

狂风回答说："不要着急，

那边一条潺潺的小溪后面，

有一座高高的山，

山里有一个深深的洞穴，

洞里又阴沉又黑暗，

有六根柱子系着铁链，

铁链上吊着一具水晶棺。

那里一片空旷，

周围不见人迹。

你的未婚妻就在水晶棺里。"

狂风往前奔跑。

王子放声哭号。

他朝空旷的山野走去，

去寻找美丽的公主，

哪怕再见她一次。

他走着走着，一座高山

在他面前出现。

周围空旷一片。

山脚下有个黑黑的洞口。

他加快脚步往前走。

走进黑沉阴森的山洞，

一具水晶棺出现在面前，

年轻貌美的公主

就在水晶棺里长眠。

王子使出浑身力气，

朝未婚妻的棺材撞击。

棺材顿时裂开，

公主一下子醒来。

她一面在铁链上摇晃，

用惊讶的目光四下里张望，

长长地舒一口气，就开了口：

"我怎么睡了这么久！"

她从棺材里站起身⋯⋯

哎呀！⋯⋯两人痛哭一阵。

王子抱起公主，

抱着她从洞中走出。

他们动身回家转，

一路上愉快地交谈。

消息很快地传开：

沙皇的女儿还在人间。

这时候狠毒的后母

无事在宫中闲坐，

对着她的镜子

又在跟镜子说话：

"是不是我最可爱？

我的脸最红润和雪白？"

她听到镜子回答：

"你很美丽，事实如此。

不过还是公主最可爱，

她的脸最红润和雪白。"

狠毒的后母跳起来，

把镜子摔成碎块；

径直朝门外奔去，

就迎面碰到公主。

从此皇后愁闷抑郁，

不久她就死去。

皇后刚刚下葬，

婚礼就筹备妥当；

叶里谢王子和未婚妻

举行了结婚仪式。

自从开天辟地

谁也没见过这样的盛宴，

我也在场，喝过啤酒、蜜酒，

但只是湿了湿胡子尖。

金鸡的故事

在很远很远的地方，

在那遥远的国土上，

有个叫达顿的显赫国王。

他年轻时就威名远扬，

又勇猛又顽强，

时常侵犯邻邦。

到了垂暮年纪，

他想休兵养息，

过过安宁日子。

这时候邻邦纷纷逞强，

不断打扰年迈的国王，

给他造成可怕的灾殃。

为了保卫边疆，

防止敌人侵袭，

他必须保养

大量的兵力。

将军时刻保持警惕，

但怎么也招架不及：

有时预料南边敌人来犯，

谁知进犯者来自东面。

这边刚刚打退来犯之敌，

强敌又从海上来袭击。

国王常常泪水涟涟，

以至日夜不得安眠。

惶恐的日子难受难忍！

于是他想求教于一位贤人，

一位阉人，星相家，

就派人去请他光临。

那位贤人来见达顿，

礼毕，就从口袋里

掏出一只金公鸡。

他对国王说：

"你把这只鸡放在杆顶，

我的金公鸡

会给你做忠实看守：

要是四处平安无事，

金鸡就无声无息；

一旦你有什么灾难：

或者战事来临，

或者外敌进犯，

或者有其他意外祸患，

这时我的金鸡

会立即竖起高冠，

放声高叫，扑打翅膀，

转身朝着那个方向。"

沙皇感谢贤人，

答应给他成堆的金银。

他还喜出望外地说：

"你帮我这样的大忙，

今后你不论有什么愿望，

我一定为你办到，

像自己的事一样。"

金鸡站在高高的杆顶，

开始为他看守国境。

有什么地方出现险情，

忠实的看守就像梦中惊醒，

身子抖动，扑打翅膀，

转身朝那个方向，

并且高叫："喔，喔，喔！

敌人进犯，不能高卧！"

沙皇达顿平平安安，

打退四面八方的侵犯；

邻国从此老老实实，

不敢再兴兵作乱。

一年又一年安宁，

金鸡一直平静无声。

忽然有一天，国王达顿

被可怕的喧闹声惊醒。

将军高声呼喊：

"我们的皇上，万民的父亲！

陛下！醒醒吧！祸事来临！"

达顿打着哈欠说：

"是谁在叫嚷？

啊？……何事惊慌？"

将军回答说：

"金鸡又高叫，

京城里人心惶惶。"

国王朝窗外一望，

只见金鸡在杆顶扑打翅膀，

转身朝着东方。

立即下旨："十万火急！

火速集合人马迎敌！"

国王派兵马向东开，

由他的长子统率。

金鸡安静下来，

京城喧嚷声停息，

国王也不再忧虑。

一连八天过去，

军队却毫无消息。

达顿得不到情报，

不知前方是否有战事。

金鸡又展翅长鸣，

沙皇又派兵马出征，

这次他派出次子，

领兵去救援长兄。

金鸡又安然不动。

又是八天过去，

依然得不到前方消息。

人们在惶恐中过着日子。

金鸡又展翅长鸣，

沙皇又召集一支人马，

亲率大军出征，

自己也不知是否能成功。

大军日夜兼程趱赶，

人马已经疲劳不堪。

达顿没看到战场，

没看到屯兵营地，

也没见到如山的尸体。

他心想："何等怪事！"

到了第八天，

达顿率领大军进山。

他在崇山峻岭之间

看见一座丝绸帐篷。

在帐篷周围

出奇地寂静。

在幽深的山谷里

到处是士兵的尸体。

达顿快步朝帐篷走去……

啊，多么可怕的场面！

两个儿子躺在他面前；

头盔和铠甲已经剥光，

互相用利剑刺穿胸膛，

死僵僵地躺在地上。

他们的战马在草地上游荡，

瞪着乱蓬蓬的草丛，

踩着染遍鲜血的青草……

达顿放声哭号：

"孩子们呀，孩子们！

我是多么不幸！

我的两只雄鹰

落入敌人圈套！

完了！完了！

我的死期已到。"

众人跟着达顿哭号，

哭得深谷痛苦呻吟，

哭得高山心脏动摇。

忽然帐篷打开……

一位女子走出来，

这位沙玛汉的女皇

像朝霞一般光艳照人，

款款走来迎接达顿。

好像夜鸟见了太阳，

达顿盯着女皇，

在她面前，一声不响，

忘记两个儿子的死亡。

她对达顿嫣然一笑，

鞠了个躬，

就挽住他的手，

把他领进帐篷。

她请他在上座坐定，

捧出种种佳酿美味，

然后让他上了锦床，

陪伴他在床上安睡。

随后过了整整一星期，

达顿完全被她迷住；

心醉神迷，如饥似渴，

天天和她饮酒作乐。

终于达顿踏上归程，

偕同美貌的女皇，

率领自己的人马，

朝自己的京城开拔。

流言在他前面奔跑，

传闻有真情，也有编造。

众百姓出了城门，

热热闹闹迎接他们，

一齐跟在马车后面，

簇拥着皇后和达顿。

达顿也频频招手问候人群……

忽然他在人群中看到，

一个人头戴萨拉秦白帽，

头发像天鹅一样雪白，

那是星相家，阉人，

他的老朋友来临。

达顿对他说："你好，

老人家，你怎么来了？

请走近些。有何事见教？"

贤人回答说："皇上，

咱们现在就清一清账。

记得吗？因为我给你帮了忙，

你答应过我，就像对兄长，

不论我有什么愿望，

你都要为我办到，

像自己的事一样。

那你就给我这女郎，

沙玛汉的女皇……"

达顿这一惊非同小可。

他对老人家说：

"你怎么？是发了疯，

还是着了魔？

你这是胡思乱想什么？

当然，我说过报答的话，

但凡事都有个章法。

再说，你要美女干什么？

够了，要知道我是什么人！

你要别的什么，我都应允，

哪怕金银财宝，

哪怕贵族封号，

哪怕御厩骏马，

哪怕半个国家。"

老人家回答说：

"别的我什么也不想，

我就要这女郎，

沙玛汉的女皇。"

国王啐了一口：

"不行就是不行！

你不要自作聪明。

你是造孽，自找苦头。

趁脑袋还在，你快滚开。

给我把老家伙拖走！"

老头儿本想跟他讲理，

但跟帝王争论不会得便宜；

国王用御杖照他头上一击，

老头儿栽倒在地，

立刻停止呼吸。

整个京城震惊，

那女郎却嘻嘻哈哈，

好像造了孽她不害怕。

国王虽然极其慌张，

却亲热地笑着看了看女郎。

然后驱车进京城……

忽然听到轻轻的响声，

就在众目睽睽之下，

金鸡从杆顶飞起，

朝御车飞去，

落到国王顶头，

扑打几下翅膀，

朝国王头顶啄了一口，

就猛然飞起，扬长而去……

国王顿时从车上跌倒在地，

啊呀一声，就断了气。

忽然女皇不见踪迹，

就好像不曾有这女子。

故事并不真实，

但其中深有寓意！

善良的人会得到教益。

图书在版编目（CIP）数据

普希金童话诗 /（俄罗斯）普希金著；力冈译. -- 北京：作家出版社，2023.10（2025.11重印）
ISBN 978-7-5212-2595-2

Ⅰ.①普… Ⅱ.①普…②力… Ⅲ.①儿童诗歌—诗集—俄罗斯—近代 Ⅳ.①I512.82

中国国家版本馆CIP数据核字（2023）第215526号

普希金童话诗

作　　者：［俄］普希金
译　　者：力　冈
责任编辑：田一秀
装帧设计：棱角视觉
出版发行：作家出版社有限公司
社　　址：北京农展馆南里10号　　邮　　编：100125
电话传真：86-10-65067186（发行中心及邮购部）
　　　　　86-10-65004079（总编室）
E-mail:zuojia＠zuojia.net.cn
http://www.zuojiachubanshe.com
印　　刷：三河市北燕印装有限公司
成品尺寸：128×175
字　　数：40千
印　　张：5.125
版　　次：2023年10月第1版
印　　次：2025年11月第3次印刷
ISBN 978-7-5212-2595-2
定　　价：49.00元